L'HOMME
A LA TÊTE DE CIRE

MOREAU JOSEPH
CHEVALIER DE LA LÉGION D'HONNEUR
Ex-Canonnier à l'Armée du Nord

PERTE DU NEZ, DES DEUX YEUX
ET DE LA JOUE GAUCHE
LUXATION DE LA MACHOIRE INFÉRIEURE

BATAILLE DE BAPAUME
3 JANVIER 1871

BAVAY. — IMPRIMERIE NESTOR JOUGLET, GRAND'PLACE.

L'HOMME
À LA TÊTE DE CIRE

MOREAU JOSEPH

CHEVALIER DE LA LÉGION D'HONNEUR

Ex-Canonnier à l'Armée du Nord

PERTE DU NEZ, DES DEUX YEUX ET DE LA JOUE GAUCHE

LUXATION DE LA MACHOIRE INFÉRIEURE

BATAILLE DE BAPAUME
3 JANVIER 1871

COMPTE-RENDU

du Chirurgien DELALAIN

MOREAU Joseph, dont nous allons raconter la curieuse odyssée, est né au Favril (Nord). Incorporé en 1870, lors de la déclaration de la guerre, à la 1re batterie de l'artillerie de la garde mobile du Nord, batterie composée des jeunes gens du canton de Landrecies, et qui tenait garnison à Douai, il fut versé au 15e régiment d'artillerie de l'armée active, le 31 décembre 1870. Quand Moreau apprit qu'il était désigné pour rejoindre l'armée en campagne et qu'il allait se trouver en présence de l'ennemi, il témoigna la plus grande joie. Ce brave ne prévoyait pas qu'il allait recevoir la plus curieuse et la plus douloureuse blessure de ce temps.

Il rejoignit la batterie du capitaine Stoffel, le 2 janvier 1871, et c'est le 3 janvier, à la bataille de Bapaume, à trois heures du soir, au moment où il refoulait l'obus dans la pièce, qu'il reçut la repoussante mais honorable blessure qui le mit dans l'état dans lequel il se trouve aujourd'hui.

Laissé pour mort sur le champ de bataille, Moreau se releva de lui-même une demi-heure après ; la nuit venait ; percevant encore vaguement la lumière de l'œil gauche, il put se diriger vers Ervillers, où le colonel du 24e régiment de ligne le fit transporter en voiture à l'hôpital d'Arras, le lendemain 4 janvier 1871 ; mais il n'en put sortir que le 4 octobre de la même année ; car pendant cette longue période de neuf mois la cicatrisation de cette blessure resta incomplète. Les médecins de l'hôpital d'Arras firent alors les démarches nécessaires pour faire entrer Moreau dans l'ambulance de la Société de Secours aux Blessés, afin de lui faire régler un appareil de pansement, à leurs yeux, indispensable pour obtenir la respiration.

Moreau resta trois semaines dans l'ambulance de cette société, et déjà nous relevions les moulages de la bouche et de la face pour arriver à une application prothétique, lorsque par suite de nouvelles mesures de l'Administration de la guerre, ce jeune soldat, à son grand regret, fut évacué, le 14 octobre 1871, vers l'hôpital militaire du Val-de-Grâce.

Il y séjourna jusqu'au 26 mars 1872. Pendant cette nouvelle et émouvante période de six mois pour le mutilé (qui tous les jours depuis son départ d'Arras espérait une restauration prothétique qui lui avait été promise), il attendit en vain !

Et la persistance de la suppuration, qui exigeait d'après l'opinion émise par les professeurs de l'école de médecine d'Arras, un appareil réglant la respiration, fut considérée au Val-de-Grâce comme une contre-indication d'application de tout essai de mécanique chirurgicale.

Toutefois, à la suite d'une demande que nous adressâmes par ordre du mutilé directement au ministre de la guerre, le Conseil de Santé des armées autorisa officiellement le médecin en chef de l'hôpital militaire du Val-de-Grâce à accepter notre système prothétique réclamé par le mutilé.

qui, seize jours plus tard, le 8 avril 1872, quittait le Val-de-Grâce et rentrait à Landrecies, où sa guérison retardée jusqu'alors par une interminable suppuration due à des esquilles du malaire, fut achevée par leur sortie naturelle.

Cinquante-deux jours après sa rentrée dans ses foyers, la blessure de Moreau était complétement cicatrisée.

Actuellement, grâce au système prothétique dont Moreau est pourvu, les diverses fonctions, sauf bien entendu celles de la vision totalement perdue, sont tout à fait rétablies.

La respiration est redevenue normale et régulière, l'odorat a reparu. La machoire supérieure consolidée par la pièce dentaire qui double la voûte palatine présente aux dents inférieures un appui suffisant pour la mastication des corps les plus durs.

La voix enfin nasonnée a repris son timbre, et surtout sa netteté naturelle, et la figure artificielle a tellement bien lié son contour élastique à cette énorme solution de continuité, que le vide le plus parfait est possible, et permet à Moreau de chercher quelques distractions dans l'usage de la flûte, passe-temps qui depuis sa blessure lui était interdit.

Si on considère d'une part le long séjour du mutilé dans les hôpitaux (15 mois) sans y arriver à la cure radicale, et de l'autre part la rapidité relative (52 jours) avec laquelle cette guérison a été obtenue, dès que la figure artificielle est venue lui donner le bénéfice de ses dispositions, il n'y a aucune présomptueuse supposition à accorder, à notre système prothétique, une bonne part dans le résultat immédiat obtenu.

L'application exacte et méthodique des pièces d'appareil, leur renouvellement facile même par des mains inexpérimentées, par celles du blessé lui-même, partant la propreté exquise, si indispensable aux larges plaies suppurantes, la régularité de la température, une chaleur interne convenable, une certaine humidité maintenue sur la blessure, toutes conditions essentielles en général, et ici en particulier, où le desséchement du mucus nasal produisait un prurit intolérable, et obligeait le blessé à se gratter et à produire de continuelles excoriations.

Voilà certes un ensemble de conditions dont aucun praticien ne saurait méconnaître l'importance et sans le secours desquelles nul n'osera entreprendre le traitement d'une aussi grave lésion chirurgicale.

Que la figure et la pièce dentaire artificielles dont nous donnons la description les ait procurées au blessé, il est impossible de le nier.

Ce système prothétique a conduit Moreau à la guérison, et la guérison obtenue, il a rétabli chez lui toutes les fonctions que sa blessure avait altérées, toutes celles même qui n'avaient pas été totalement supprimées, et qui pouvaient être rétablies.

En résumé et avant tout, et le cas d'une semblable mutilation étant donné, la première des conditions est d'arriver par un moulage parfait de la lésion interne à l'application d'un appareil machiné, dont la pesanteur ne dépasse pas la perte de substance perdue, afin de ne pas fatiguer les parties saines latérales de la blessure et surtout ne pas craindre, comme ajoute, en terminant, l'observation médicale relevée au Val-de-Grâce, que « *les points de suppuration* « *pourraient s'enflammer et occasionner en terribles acci-* « *dents sur l'économie toute entière si on se pressait dans* « *l'application d'un appareil.* »

Le meilleur juge d'ailleurs en cette affaire est Moreau qui, grâce à sa figure et à son palais artificiels, jouit d'une santé parfaite, pouvant se mêler à ses semblables sans être pour eux un objet d'horreur et de dégoût.

Développements basés sur notre expérience pratique du sujet, et que cet intéressant problème nous semble suffisamment justifier

---

Rétablissement de l'odorat

Ce mutilé, condamné en quelque sorte à ne respirer que par la bouche, avait aussi perdu complétement l'odorat, l'obturateur facial l'avait déjà rétabli en partie, mais les ventilateurs que nous avons cru devoir appliquer aux coins des yeux postiches lui ont redonné toute sa finesse.

Voici comment nous nous expliquons la perte et le rétablissement de cette fonction sentorielle appelée l'odorat. Dans cette terrible mutilation de la face, qui a emporté une partie de son squelette, les os propres du nez ont disparu, ainsi que les parties charnues qui les recouvraient.

Par conséquent, plus de pavillon pour recueillir l'air et l'introduire rapidement jusque dans la partie supérieure des fosses nasales.

Il n'y a plus que deux ouvertures à parois immobiles toujours béantes, et dans lesquelles l'air arrive directement, en se dirigeant même un peu de haut en bas, dans le sens qui est contraire à l'accomplissement normal de l'odorat. De plus, l'air y arrive à une température inférieure à celle qu'il acquiert en parcourant les parois charnues du pavillon nasal naturel.

Grâce à la figure artificielle et à son nez postiche, l'air a retrouvé sa direction habituelle de bas en haut, de plus il a pu acquérir une température un peu plus élevée, plus favorable au réveil des pupilles nerverses qui existent encore chez le blessé, et qui sont chargées de recevoir la sensation des odeurs. Il est vrai, dira-t-on, qu'en passant sur des surfaces suppurantes, exhalant une odeur quelquefois fétide, cet air s'est chargé de leurs miasmes désagréables, et qui ont contribué à obscurcir la sensation.

Mais c'est alors que les deux orifices qui complètent le système d'aération, prenant du dehors et introduisant directement un air pur, ont revivifié la sensibilité spéciale échauffée, et lui ont fait reprendre toute sa finesse, encore augmenté lorsque dans le sens d'un priseur, le mutilé bouches les narines de son faux-nez en y portant le pouce et l'index de façon à ne respirer que par les ventilateurs.

Intérieur de l'appareil facial

La concavité du masque augmentée encore par l'enfoncement de la surface de la blessure a été utilisée.

Des boucles y sont adaptées de manière à maintenir, à la surface interne du masque des linges fenêtrés, de la charpie, destinés à garantir la muqueuse nasale contre un dessèchement défavorable à ses fonctions, en même temps qu'à lui éviter la trop brusque impression du froid ou d'un foyer ardent.

Une disposition semblable maintient à poste fixe, dans l'enfoncement produit par la suppression des fosses nasales, une petite éponge destinée à absorber le mucus, en arrêtant aussi au passage les petits corps en suspension dans l'air.

Ce système de boucles a été très-utile aussi pour maintenir à la sortie de Moreau du Val-de-Grâce, et de la façon la plus simple, les pièces de pansements sur la blessure non cicatrisée.

Pour remédier à l'affaiblissement de la voûte palatine, elle a été protégée par une plaque obturatrice qui la double et forme sur sa concavité un véritable blindage.

Des dents postiches permettent la mastication des aliments les plus durs.

Extérieur de l'appareil facial

La figure artificielle consiste essentiellement en un masque représentant à l'extérieur la partie centrale de la face emportée par l'éclat d'obus; yeux, nez et joues, et exactement appliqué grâce à des procédés d'estampage et de moulage, mais dans son contour seulement aux portions saines de la peau qui avoisinent la cicatrice.

Cette adhérence, déjà suffisante et à peu près hermétique, est encore garantie et complétée par un bourrelet naturel de la peau qui a encastré à la longue le rebord adouci du masque.

Grâce à cette disposition des parties artificielles et naturelles, la respiration a lieu facile et régulièrement rhythmée par les narines du faux-nez qui surmonte le masque et recouvre le lobule du nez restant.

Vers l'angle interne des faux yeux qui imitent une cataracte, les deux petits orifices dont nous avons déjà parlé, complètent le système d'aération interne.

Dans le principe ils n'existaient pas et c'est à cette heureuse modification que nous attribuons en partie la facilité et la régularité avec laquelle se produit le courant aérien.

Il est certain, et nous l'avons expérimenté pendant une semaine que nous avons reçu Moreau à Paris, nous initiant à une étude pratique du sujet qui vivait avec nous, que depuis l'établissement de ces ventilateurs l'inspiration est plus régulière, et la vapeur produite par l'expiration sur les parties saines de la peau avoisinant la lésion n'a plus lieu, par suite du courant aérien.

Ch. DELALAIN, Dentiste,
chargé de la Restauration.

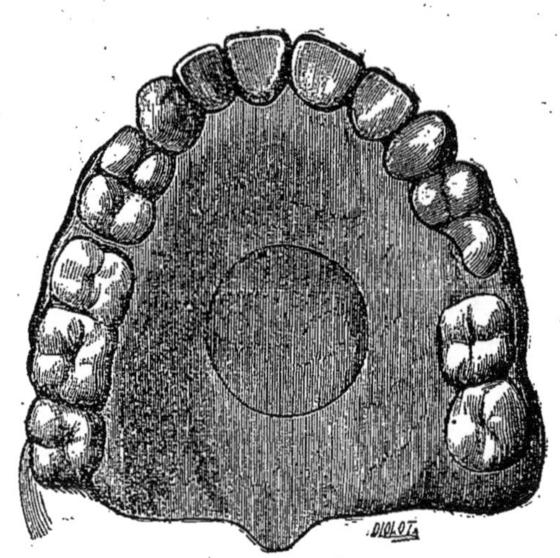

Perte du nez et des yeux par un éclat d'obus

Fracture en éclat des deux maxillaires supérieurs

Luxation de la mâchoire inférieure ; réduction. — Prothèse

Par Charles DELALAIN

J. Moreau, 24 ans, soldat au 15e régiment d'artillerie, blessé à Bapaume, le 3 janvier 1871. Eclat d'obus prenant la face de droite à gauche et de haut en bas, et y produisant des dégâts considérables ; perte des deux yeux et de la plus grande partie du nez, fracture en éclat et perte des deux maxillaires supérieurs, avec perte de deux dents. Luxation, en avant de la mâchoire inférieure, à l'articulation temporo-maxillaire gauche. Léger étourdissement sans commotion : le blessé put se rendre à l'ambulance, où il lui fut fait un premier pansement. Évacué sur Arras, on pratiqua, trois jours après sa blessure, l'incision des parties molles trop attrites, ainsi que l'extraction des parties osseuses mobiles, on rapprocha les bords de la plaie, autant que le permit la laxité des tissus, et on maintint le tout par des agglutinatifs et un bandage approprié sans sutures. La cicatrisation, encore incomplète aujourd'hui, marcha sans encombre : on a dû retirer successivement environ une trentaine d'esquilles. Quant à la luxation, il raconte qu'on ne put essayer de la réduire, lui s'y opposant, à cause des douleurs atroces qu'il éprouvait dans toute la tête. Seulement, un jour, il fit un faux pas, et dans sa chute, il frappa fortement de la face contre terre. « J'entendis un grand craquement là, dit-il en indiquant la région temporale, et depuis, ma bouche, qui auparavant était toujours ouverte, se ferme ; la salive ne coule plus sur ma poitrine ; je puis parler facilement. » La luxation avait été spontanément réduite.

Actuellement, l'état général est très-bon ; Moreau a pris cet air résigné commun à tous les aveugles ; il aime la causerie et éprouve un grand bonheur à narrer ses campagnes dans un langage mélancolique, imagé, très-intéressant. Ses autres sens, surtout celui du toucher, sont excessivement développés ; il leur fait subir une éducation perpétuelle et arrive à des résultats vraiment surprenants. La figure, dépourvue d'expression, est irrégulière, déviée à gauche, paraît gonflée à l'angle gauche de la mâchoire inférieure par un appaississement de tissus mous. S'il soulève le

bandeau qui couvre sa lésion, la face présente un aspect
hideux par suite d'un enfoncement profond causé par la
disparition d'une grande partie des portions osseuses, ainsi
que la perte de substance des parties molles qui les recouvraient. Cette plaie peut être représentée par un triangle.
Le sommet se trouve au milieu de la joue gauche, point
par lequel a longtemps persisté une fistule salivaire, fermée
spontanément ; de là partent aussi trois cicatrices longues,
blanchâtres, se dirigeant vers la région temporale, l'oreille
et l'angle de la mâchoire. L'un des côtés, le plus élevé, est
irrégulièrement limité par une ligne qui aboutirait à l'angle
interne de la cavité orbitaire droite ; l'autre côté est formé
par une ligne cicatricielle très-adhérente comme la précédente, aux tissus sous-jacents, venant rejoindre l'angle externe de la cavité orbitaire droite. La base est formée par
ce qui reste de la paupière supérieure de l'œil droit ; le bord
libre de la paupière inférieure, détaché à son angle interne,
a été tiré verticalement en bas par le tissu inodulaire, et
forme la partie la plus élevée et la plus externe de la cicatrice ; on voit un ectropion énorme, mettant à nu toute la
muqueuse palpétrale. L'enfoncement résultant de l'ablation
de l'apophyse montante du maxillaire supérieur droit, de
la partie interne de la voûte orbitaire inférieure de ce côté,
des os propres du nez, des cornes moyens et inférieurs de
la cloison nasale, de la presque totalité du maxillaire
gauche, de l'os molaire de ce côté, est recouvert d'une muqueuse rouge, suppurant encore en quelques points. Une
ouverture assez considérable le permet, en suivant le plan-
cher des os palatins, d'arriver jusqu'à l'arrière-bouche ; la

respiration se fait très-bien par ce canal. — Le sens de l'odorat est complétement perdu, il ne reste du nez que les ailes, le lobule et l'extrémité du cartilage de la cloison ; les deux narines s'arrêtent, en profondeur, au niveau de la cicatrice. La sensibilité de la peau est annihilée dans cette région, de même qu'elle est obtuse dans la région zygomatique gauche, ailleurs, elle est intacte. Si on explore la bouche, on la voit intacte ; les deux grandes arcades existent et en bon état, sauf celle du maxillaire supérieur gauche, où les dents ont été longtemps mobiles ; ce bord gringival, aujourd'hui, qui adhère par une forte cicatrice à la muqueuse de la joue, communiquait jadis avec le fond de la blessure, la fistule et l'air extérieur. Les mouvements du maxillaire inférieur sont conservés ; mais la mastication des choses dures est absolument impossible à gauche ; à droite, elle est libre.

Il n'y a rien à tenter au point de vue chirurgical : la seule indication à remplir est de masquer cette épouvantable brèche par une pièce prothétique. Nous la concevons comme devant être une réunion des deux appareils faits pour Lohberger et Lacaut, c'est-à-dire un nez complet et un obturateur facial s'appliquant bien sur les parties molles latérales de la face, de façon à forcer l'air à circuler par les narines artificielles ; cet obturateur, qui devra cacher les deux yeux enlevés, sera encore supporté par des lunettes solides, fixées à la nuque, et derrière lesquelles on pourra imiter les yeux à demi ouverts. Mais il ne faut pas se presser encore dans l'application, car les points en suppuration pourraient s'enflammer et occasionner de terribles accidents sur l'économie toute entière si on se pressait dans l'application d'un appareil.

DÉTAIL DE L'APPAREIL PROTHÉTIQUE

d'après la note du dentiste chargé de la restauration

Présentée à l'Académie de Médecine

(SÉANCE DU 23 SEPTEMBRE 1872)

La respiration n'étant pas réglée, le sens de l'odorat, comme vous venez de le lire, était complétement perdu; par la même raison, le desséchement du mucus nasal avait lieu sur l'ectropion, ce qui invitait, malgré lui, le mutilé à y porter instinctivement les ongles pour se gratter et produire de nouvelles excoriations. La mastication des aliments durs devenait méfiante et difficile, en raison de la sensibilité et de la faiblesse de la voûte palatine.

L'obturateur facial, qui n'a pu être placé qu'au bout de six mois (le 20 mars), s'applique sur les parties molles latérales de la face. Son adhésion, facilitée par un lacet de soie en caoutchouc contournant la tête, est telle que le mutilé respire par les narines d'un faux-nez en argent, recouvrant le lobule du nez restant.

La respiration étant bien réglée, le sens de l'odorat est rétablie par la même raison, la concrétion du mucus nasal n'a plus lieu, partant plus de démangeaison, et le mutilé peut s'essuyer. Deux petits cornets, faisant fonctions de ventilateurs, et dissimulés par les faux-yeux, complètent l'aération interne. Cet obturateur facial est machiné à l'intérieur pour que le mutilé puisse, jusqu'à parfaite et complète guérison, faire ses pansements lui-même, car l'enfoncement résultant de cette ablation faciale est énorme. Trois boucles mobiles en forme de queue de broche, y sont adaptées de façon à pouvoir maintenir sur la surface interne de cette figure artificielle, du linge, de la charpie ou des éponges, pour faciliter le maintien de l'humidité et éviter la trop brusque impression du froid et de la chaleur sur toute la muqueuse palpétrale. La voûte-palatine se trouve protégée contre toute perforation des aliments par une plaque obturatrice formant un blindage sur sa concavité.

Moreau, qui a quitté l'hôpital le 8 avril, est actuellement au Favril, canton de Landrecies (Nord); et, dans une pièce datée du 29 septembre et légalisée par le maire de sa commune, nous voyons que cette restauration buccale et faciale, qui a subi l'épreuve du temps (six mois d'application), remplit les indications prescrites par leur exécution, puisque le meilleur juge en cette affaire, le mutilé, répond que : « sa blessure va aussi bien que possible, qu'elle ne coule plus, qu'il n'est plus souffrant, que toute la plaie se remplit fort, que la voûte palatine lui va très-bien et que la mobile de l'arcade dentaire a presque disparu (1). »

Cette terrible mais honorable blessure a été opérée par M. François Débey, docteur à Arras (Pas-de-Calais).

---

(1) La blessure et la restauration, reproduites en cire, par M. Talrich, modeleur de la Faculté, sont déposées, ainsi que les appareils, au secrétariat de l'Académie de Médecine.

ACADÉMIE DE MÉDECINE

Séance du 22 Septembre 1874. — Présidence de M. Devergie.

COMMUNICATION

M. Delalain présente à l'Académie un mutilé de la guerre dont il l'a déjà entretenue dans une précédente communication. Il s'agit de l'ancien artilleur J. Moreau (de Landrecies), blessé le 3 janvier 1871, à Bapaume, par un éclat d'obus qui lui a enlevé le nez et les deux yeux. (Voir, pour l'histoire pathologique de ce blessé, le numéro du 31 décembre 1872 de la *Gazette des Hôpitaux*). Le but de cette nouvelle communication est de montrer l'appareil prothétique que M. Delalain a imaginé pour remédier en partie à cette mutilation, c'est une sorte de masque métallique ou de figure artificielle, dont la partie interne est ainsi composée :

A l'angle des yeux postiches, en émail coulé sur des coques de platine, et qui ont été placés baissés, deux ventilateurs en forme de cornets, prenant l'air par en haut, empêchent que l'air du dehors, attiré par l'inspiration, se charge, en passant dans le faux-nez, des miasmes de la blessure.

Au milieu de la partie faisant face à l'arrière-gorge, une éponge mobile, placée dans une griffe, est destinée à recevoir, dans les temps de brouillard, l'humidité en excès qui se trouve dans l'air (le mutilé habite le Nord).

Un tamis en forme de raquette, posé au-dessus de l'ouverture des fausses narines, arrête les poussières de l'air extérieur attirées par l'inspiration.

Une gouttière garnissant la partie circulaire inférieure de la figure artificielle aboutit au lobule du nez postiche, qui est perforé à son extrémité de plusieurs petits trous permettant à l'eau fournie par la vapeur de l'expiration de s'écouler au dehors sans atteindre les parties saines de la peau, sur laquelle reposent les bords latéraux de la figure artificielle.

Enfin, en raison de la faiblesse de la voûte palatine, cette dernière est protégée par une pièce dentaire qui la double, et forme, sur sa concavité, un véritable blindage, latéral en même temps aux dents naturelles supérieures restantes, et établit de cette façon un rapport exact avec celles du maxillaire inférieur.

Ainsi se trouvent favorisés le broyement et la gustation des aliments, dont la mastication, auparavant, était incomplète, en raison de la mobilité résultant de l'attrition des apophyses montantes des deux maxillaires supérieurs.

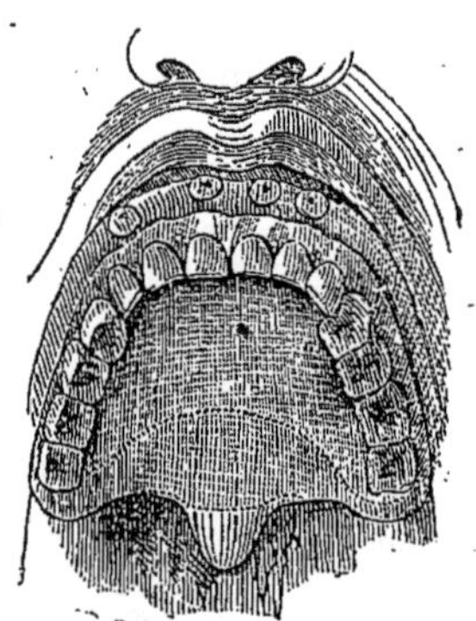

RELATION

DE LA

BATAILLE DE BAPAUME

à laquelle fut blessé Moreau

2 et 3 Janvier 1871.

La petite armée du Nord, commandée par le général Faidherbe, remporta, sous Bapaume, une victoire qui fit tressaillir d'espérance le pays tout entier. — Malheureusement, cette victoire demeura infructueuse, car le lendemain des forces considérables, venues de tous les points, renforcèrent l'armée ennemie et obligèrent nos troupes à abandonner les positions conquises.

Le 2 janvier, à cinq heures du matin, le réveil sonnait et l'armée du Nord, cantonnée dans les environs d'Arcq, marcha sur Bapaume.

La 2e division se porta rapidement vers Achiet-le-Grand, occupé par 2,000 hommes et 3 pièces de canon qui furent délogés après un vif combat, chassés ensuite de Béhacour et poursuivis jusqu'aux environs de Bapaume.

Cette affaire, où l'ennemi éprouva des pertes considérables et laissa entre nos mains une cinquantaine de prisonniers, dont un officier, nous coûta une cinquantaine de tués et blessés.

Pendant ce temps, la 1re division du 22e corps, commandée par le capitaine de vaisseau Payen, qui avait succédé à l'amiral Moulac avec le titre de général de l'armée auxiliaire, avait traversé sans obstacle les villages de Boyelles et Ervillers, sur la grande route de Bapaume, qu'elle devait suivre, et, en sortant d'Ervillers, elle avait été informée que l'ennemi occupait le village de Behagnies, position très-forte. Les paysans assuraient qu'il était en petit nombre ; l'avant-garde, formée par le 19e bataillon de chasseurs et une section d'artillerie, commença l'attaque. Elle fut repoussée par un feu violent de mousqueterie et d'artillerie. Toutes les troupes de la division, déjà disposées pour soutenir l'attaque, prirent alors part au combat livré à des forces plus considérables qu'on ne l'avait cru et qui dura tout l'après-midi avec une grande violence. Nos troupes parvinrent à pénétrer dans les premières maisons du village, mais les tentatives pour le tourner par la gauche n'ayant pu aboutir, en présence de la cavalerie nombreuse dont l'ennemi disposait et qui ne trouva pas devant elle d'infanterie aguerrie, elles ne purent s'y maintenir, et soutenues par le feu des réserves et de l'artillerie, elles revinrent à Ervillers, où elles s'établirent pour la nuit sans être inquiétées.

Le régiment des mobilisés lillois marche à travers champs sur le village de Mory qu'il a ordre de prendre. Le bataillon des voltigeurs mobilisés de Foutrein, parti en avant-garde sur Ecoust-Saint-Mein, l'a devancé d'une heure environ dans cette direction ; sur le plateau de Favreuil, il est attaqué à l'improviste par tout un régiment prussien. L'affaire fut chaude et la conduite des voltigeurs admirable. Le commandant Foutrein, à la tête de ses hommes, fit une héroïque résistance aux forces supérieures qu'il avait devant lui, puis se replia en bon ordre sur Ecoust-Saint-Mein, laissant sur le terrain 53 hommes tués et ramenant un grand nombre de blessés.

Peu après ce combat, deux bataillons du régiment lillois étant parvenus à deux kilomètres de Mory, le 3ᵉ reçut l'ordre de rester en observation pendant que le 2ᵉ marcherait en avant. Il s'avance jusqu'à deux cents mètres de Mory, dont il compte s'emparer sans résistance ; soudain, une vive fusillade l'accueille sans qu'il soit possible de distinguer où se cachent les assaillants. De là, un moment d'hésitation très-compréhensible ; les hommes se couchent ou se mettent à genoux pour éviter la grêle des balles qui siffle au-dessus de leur tête ; le général Robin descend de cheval et donne ordre aux chefs de se relever et de mettre leurs hommes en bataille ; c'est alors qu'un tout jeune homme, M. Jules Farineaux, interprète du général Robin, est frappé d'une balle en pleine poitrine.

Après une demi-heure de fusillade, la colonne d'attaque marche en avant et enlève le village à la baïonnette. L'ennemi, pris à l'improviste, se retire précipitamment, poursuivi par une vive fusillade dans la direction de Behagnies.

Le 3ᵉ bataillon entra une demi-heure après dans Mory, et

les deux bataillons réunis s'établirent sur le champ de bataille où ils passèrent la nuit sans être autrement inquiétés. Le 4ᵉ régiment de marche les avait rejoints dans la soirée.

Les nombreux blessés, voltigeurs et mobilisés, transportés dans les maisons d'Ecoust-St-Mein et Mory, furent pansés avec le plus grand soin par le docteur Huidiez, médecin-major du régiment.

Le 1ᵉʳ bataillon qui, de Croisilles, a continué sa marche en tirailleurs dans la direction de Behagnies, est accompagné de la batterie des mobiles du Finistère. Vers la fin de la journée, à une portée de fusil de Beugnâtre, son artillerie canonne vivement l'ennemi qui fuit de Mory, poursuivi par une partie du 2ᵉ bataillon. La nuit venue, la colonne se replie sur le village d'Ecoust-Saint-Mein, où elle passe la nuit.

Vers onze heures du soir, l'armée prussienne quitte furtivement les villages de Sapignies et de Behagnies, et prend position à Favreuil et Beugnâtre. Au loin, quelques incendies projettent leur lueur sinistre sur la campagne déserte.

3 janvier. — Cinq heures sonnent à peine que déjà les bataillons sont sur pied à Mory et Ecoust-Saint-Mein. On se met en marche dans le plus grand silence et défense est faite d'allumer des feux qui pourraient nous trahir. En

sortant du village Ecoust-Saint-Mein, le 1er bataillon est abordé par un détachement d'éclaireurs ennemis qui déchargent à bout portant quelques coups de révolver sur la tête de la colonne; l'obscurité est telle qu'on a grand peine à distinguer ces ombres équestres fuyant avec une rapidité extrême. On tire un peu au hazard et l'un de ces uhlans est blessé.

La colonne continue sa route et rejoint bientôt les deux autres bataillons qui arrivent de Mory.

Tous les régiments de mobilisés du Nord formant les deux brigades de la division Robin, attendent, l'arme au pied, sur le plateau en avant d'Ecoust-Saint-Mein, la place assignée pour le combat.

A six heures, une reconnaissance faite par la division Du Bessol constate l'évacuation par l'ennemi des villages d'Ervillers et Behagnies. En même temps que cette division attaque Biefvillers, la division Payen attaque Favreuil.

Les deux villages furent défendus par l'ennemi avec une grande opiniâtreté. Le combat fut surtout acharné à Biefvillers, qui ne fut enlevé qu'après plusieurs retours offensifs et après avoir été tourné vers la gauche par les troupes du général Du Bessol, pendant que le général Derroja appuyait l'attaque sur la droite en enlevant vivement Grevillers.

Laissons ici la parole au général Faidherbe.

« Nous trouvâmes le village de Biefvillers et la route qui conduit à Avesnes couverts de morts et de blessés prussiens ; les maisons d'Avesnes en étaient remplies et un grand nombre de prisonniers restèrent entre nos mains.

« L'artillerie postée entre les deux villages eut à soutenir une lutte terrible contre l'artillerie que l'ennemi avait accumulée près de Bapaume, sur la route d'Albert. Enfin, les batteries des capitaines Collignon, Bocquillon et Goin, parvinrent, non sans dommages, à éteindre le feu de l'ennemi et toute la ligne s'avance sur Bapaume. Le petit village d'Avesnes avait été enlevé au pas de course par la 1re division. Une tête de colonne de la 2e division, emportée par son ardeur, se jeta en même temps sur le faubourg d'Arras, mais s'arrêta à l'entrée de la ville.

« Une vaste esplanade avec des fossés à moitié comblés, remplaçait les anciens remparts de la place, présentant des obstacles sérieux à la marche de l'assaillant, qui restait exposé au feu des murs et des maisons crénelées par l'ennemi. Il eut fallu, pour le déloger, détruire avec l'artillerie les abris où il s'était établi, extrémité bien dure quand il s'agit d'une ville française, et à laquelle le général en chef ne put se résigner, ne tenant pas essentiellement à la possession de Bapaume. Pendant ce temps, le général Lecointe apprit que le village de Tilloy, qui débordait notre droite, était occupé par l'ennemi, et qu'une colonne prussienne, avec de l'artillerie, s'avançait de ce côté sur la route d'Albert. Il fallait s'opposer à cette tentative de nous tourner par notre droite. La brigade du colonel Pittié fut immédiatement portée sur le village de Tilloy, qu'elle enleva malgré la plus vive résistance et où elle se maintint. Sur la gauche, le général Paulze d'Ivoy n'eût pas moins de succès contre le village de Favreuil.

« On était donc victorieux sur toute la ligne à la nuit tombante; le combat ne se prolongea plus que faiblement sur l'extrême droite où l'ennemi s'efforçait de se maintenir dans le village de Ligny. On passa la nuit dans les villages conquis sur l'ennemi. »

Vers onze heures du matin, alors que les troupes du général Derroja, du colonel Aynès et du général Robin dessinaient un mouvement tournant sur Bapaume, les batteries prussiennes, prenant la division Robin en flanc, y firent un certain nombre de victimes.

Le 1er bataillon, placé en colonne derrière l'artillerie, eut beaucoup à souffrir des obus ennemis qui éclataient dans les sillons fortement gelés.

Le 48e de mobiles y acquit une belle part de gloire. Le 3 janvier, un de ses bataillons, secondé par le 20e bataillon de chasseurs, soutint avec une grande intrépidité le choc de deux escadrons de uhlans et de cuirassiers blancs qui furent décimés. — Cinq cuirassiers et un officier furent faits prisonniers et un grand nombre de cavaliers tués et blessés.

Vers 6 heures, la nuit était venue depuis quelque temps, on attendait, l'arme au pied, l'ordre de quitter le plateau de Beugnâtre. Le général Paulze d'Ivoy, qui venait de visiter cette partie du champ de bataille, adressa au lieutenant colonel Loy ses félicitations sur la conduite du régiment.

Les pauvres campagnards avaient fui avant le combat, emportant leurs objets les plus précieux, enterrant le reste ; la plupart des maisons étaient en ruines, crénelées ou traversées par des obus ; les troupeaux débandés couraient à travers les rues, où régnait un silence de mort, troublé seulement par le sinistre crépitement des chaumières embrasées.

A six heures du matin, ordre est donné de lever le camp. Les incendies qui tendent à s'éteindre jettent leurs dernières lueurs. De temps à autre, un coup de feu se fait entendre : il vient des derniers bataillons qui sont suivis de près par les éclaireurs ennemis. Le gros de leur armée ne doit pas être bien loin. En avançant dans la direction de Favreuil, on trébuche sur les sillons, sur les débris de barricades, quelquefois, hélas, sur des cadavres ; peu à peu, heureusement, l'aurore se lève, pâle, grisâtre, et on traverse les quatre villages formant une partie du champ de bataille, Favreuil, Sapignies, Behagnies et Ervillers.

Avez-vous jamais parcouru un de ces champs de carnage, alors qu'est terminée l'œuvre meurtrière et que l'aurore en éclaire les lugubres résultats ?

Voyez-vous cette plaine immense, couverte d'un long tapis de neige ! Ici sont étendus deux chevaux, la tête de l'un appuyée sur le poitrail de l'autre ; auprès d'eux sont couchés plusieurs artilleurs dont le sang a rougi le sol glacé. Près de là, deux prussiens et un marin français ; celui-ci dort du dernier sommeil, la main crispée sur son fusil dont le sabre baïonnette est encore rouge de sang.

Autour de vous, regardez çà et là : ce sont des morts ; leur vie a été sacrifiée à l'ambition de quelques tyrans !.... Là-bas, dans les maisons, dans les chaumières dévastées où jadis ils étaient heureux, n'entendez-vous pas les sanglots de leurs mères, de leurs fiancées ? Français et Prussiens dorment là réunis dans le même sommeil ; il semble parfois, en voyant leurs enlacements étranges, que la mort les a réconciliés au moment suprême. Quelques-uns paraissent endormis, tant leurs traits sont calmes, presque souriants ; la plupart, cependant, ont sur leur visage de marbre une expression sévère.

Ici, sur le seuil de cette maison isolée, voyez ce jeune sergent d'infanterie : il a vingt ans à peine, un mince duvet blond ombrage sa lèvre ; à cette heure, peut-être, on prie pour lui au logis maternel. Il est couché là depuis la veille ; sa main étreint encore la poignée de son sabre ; dans son regard se lit la colère et le désespoir.

Là-bas, en haut de cette petite colline, quelques cadavres gisent sur la nappe de neige. Çà et là des armes, des bagages, des caissons brisés, des affûts, des képis, des casques, des bidons, des sacs jonchent le sol.

Dans l'un de ces villages, une enseigne en tôle, percée de plusieurs balles, avec ce titre : *A la Gaieté*, se balance à la façade d'une maison peinte en vert, selon la coutume des cabarets du pays. Dans l'intérieur, trois prussiens éventrés gisent au milieu d'une mare de sang ; au bas de deux marches en pierre, un petit chasseur à pied est étendu la face contre terre. Le froid de la nuit a été tel que son cadavre a la rigidité du marbre. Les doigts cassent comme du verre ; son sac, ouvert près de lui, atteste le passage de sinistres maraudeurs qui sont venus dans l'ombre, comme des oiseaux de proie, violer sa dépouille.

Telle était l'une des parties du champ de bataille après le sanglant combat de Bapaume, qui causa à l'ennemi des pertes considérables.

Quelques jours après, le général Faidherbe adressait l'ordre du jour suivant à l'armée du Nord :

« Soldats,

« A la bataille de Pont-Noyelles, vous avez vigoureusement gardé vos positions.

« A la bataille de Bapaume, vous avez enlevé toutes celles de l'ennemi ; j'espère que cette fois il ne vous contestera pas la victoire. Par votre valeur sur les champs de bataille, par votre contenance à supporter les fatigues de la guerre, *vous avez bien mérité de la Patrie !* »

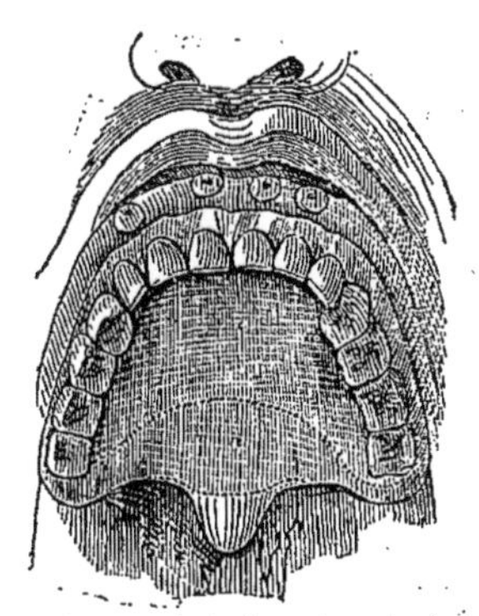

BAVAY. — IMPRIMERIE NESTOR JOUGLET, GRAND'PLACE.